Bernardo e o
SEGREDO DA PRINCESA DE CRISTAL

Texto © Flávia Reis, 2021
Ilustrações © Matheus Pfeifer, 2021
Todos os direitos reservados.

Diretor Editorial e de Arte: Julio César Batista
Produção Editorial: Carlos Renato
Projeto Gráfico: Juliana Siberi
Diagramação Eletrônica: Hégon Henrique de Moura
Revisão: Mariana Silvestre de Souza e Nathália Florido Osorio

Dados Internacionais de Catalogação na Publicação (CIP)
(Câmara Brasileira do Livro, SP, Brasil)

Reis, Flávia
   Bernardo e a princesa de cristal / Flávia Reis.
São Paulo : nVersinhos, 2021.

   ISBN 978-65-87904-11-5

1. Literatura infantojuvenil I. Título.

21-63505   CDD-028.5

Índices para catálogo sistemático:
1. Literatura infantil 028.5
2. Literatura infantojuvenil 028.5

Cibele Maria Dias - Bibliotecária - CRB-8/9427

1ª Edição, 2021
Esta obra contempla o Acordo Ortográfico da Língua Portuguesa
Impresso no Brasil – *Printed in Brazil*

Nenhuma parte desta publicação poderá ser reproduzida por qualquer meio ou forma sem a prévia autorização da nVersos Editora Ltda. A violação dos direitos autorais é crime estabelecido na Lei nº 9.610/98 e punido pelo artigo 184 do código penal.

nVersinhos, um selo da nVersos Editora
Cabo Eduardo Alegre, 36
Sumaré – São Paulo – SP
www.nversos.com.br
tel.: 11 3995-5617
nversos@nversos.com.br

Flávia Reis

Bernardo e o
SEGREDO DA PRINCESA DE CRISTAL

Ilustrações **Matheus Pfeifer**

nVersinhos

Para meus pais que não puderam me levar a Petrópolis.

Sumário

Bernardo e o Cavalo Pegasus 11

Túnel do Papagaio 13

A Cidade de Pedro 16

O Salão 18

No Palácio Imperial 23

O Telefonema 24

Senhor Milabás 27

A Festa 30

O Pergaminho 34

A Pedra do Sino 35

As Guardiãs Caolhas 37

O Xale de Fuxico Vermelho 39

Pandion 43

O Jardim de Simplício 45

A Assembleia 48

De Volta ao Palácio de Cristal 55

A Cobra e a Águia 58

A Sala do Eco 61

Bernardo e o Cavalo Pegasus

Antes do meu navio aportar, pude enxergar, ao longe, montanhas que lembram um instrumento musical. Tubos de serras por onde eu passaria. A viagem até o Rio de Janeiro, neste ano de 1885, foi longa. Naveguei de um lugar distante. Venho da França, sou Bernard de Bourbon, mas pode me chamar de Bernardo.

Trouxe comigo meu cavalo Pegasus. Branco, branquíssimo. Tem a crina arrepiada e os olhos mais pretos deste mundo. Quando o vi pela primeira vez, ele disputava uma corrida nos campos franceses, cavalgando com suas patas mágicas. Corre tanto que deve ter asas invisíveis.

Vim para o Brasil porque sempre quis conhecer estas terras. A Princesa Isabel nos convidou, quando esteve na França e visitou nossa família. Fui recebido com honras e presenteado com os mapas de todas as regiões do país.

    Depois de uma semana inteira no Rio de Janeiro, cavalguei com Pegasus rumo à Serra dos Órgãos, para conhecer a cidade de Petrópolis. Isabel comentou que gostava muito de lá e que a visita valeria a pena.

    A cidade de Dom Pedro foi palco de alguns acontecimentos na história do país. Eu só não imaginava que ela me reservaria uma das maiores surpresas da minha vida.

Túnel do Papagaio

À medida que subíamos, na secura do clima da serra, a minha situação e a de Pegasus era assim: ele babando de sede e eu um pouco surdo, devido a altitude do caminho.

Encontramos muitos homens iniciando a escavação de um grande buraco no morro. Um túnel que facilitaria o acesso a Petrópolis. Nesse local, muitos papagaios tagarelavam sem parar, ao redor dos trabalhadores da obra. Aquele barulho dos louros e maritacas nas árvores destapou meus ouvidos!

Eu, iniciante na língua portuguesa – idioma que havia estudado, porém, nunca praticado –, tentei improvisar uma saudação àqueles homens:

— Boa tarde, boa tarde!

Todos sabiam da minha visita. Eu era o estrangeiro branco, o mocinho francês, um visitante, convidado da família real. Tinha sido notícia por todos os lados.

— Bernardo, Bernardo! Como tem passado?

Os trabalhadores soltaram uma gargalhada. É que o cumprimento não era deles! Até os papagaios da serra sabiam de mim.

Ajeitei meu sotaque francês no idioma português e desci da montaria para cumprimentar todo mundo. Saudei dos homens negros escravizados, que martelavam as pedras, aos capatazes. Os trabalhadores tinham as costas machucadas de chibatadas, estavam ali forçados a trabalhar de graça, quase sem parar. Isso foi a primeira coisa que me incomodou neste país. Muito embora soubesse que Isabel havia dado alforria aos negros que com ela viviam, o trabalho para combater a escravidão nestas terras brasileiras era lento e parecia ser invisível. Esse assunto voltaria mais forte em minha vida alguns anos depois, em outra história.

Sentei em uma pedra para descansar um pouco. Quanto eu ainda teria de subir?

Oferecia água a Pegasus quando o desengonçado voo de uma maritaca veio em minha direção. Ela arrancou o meu chapéu com a astúcia de um gavião. Tentei alcançá-la, mas não consegui. Vieram mais papagaios.

— Era só o que me faltava! Pegasus! Pegasus!

Caí em uma ribanceira e fiquei preso na copa de uma árvore do penhasco. O cavalo pôs-se a me procurar:

— *Monsieur Bernard, monsieur Bernard*[1]!

— Pegasus! Pegasus! Aqui embaixo! Jogue uma corda, *s'il vous plaît*[2]!

— O senhor está bem, Bernardo? — gritou um dos homens, correndo para me acudir.

— Estou! Por favor, o senhor poderia ajudar meu cavalo a puxar a corda?!

Pegasus e o homem me puxaram sobre os pedregulhos da serra. Meus braços, a barriga e as pernas esfoladas. Eu estava vestido de poeira, enquanto a maritaca lá... tranquila, fazendo meu chapéu de ninho. Parecia que ria da minha cara. E ria mesmo.

— Agora não tem mais jeito, Pegasus.

— Dizem que quem perde o chapéu, perde a cabeça, senhor Bernardo – comentou o homem.

— Obrigado pelo aviso! Vamos, Pegasus!

— *Oui, Oui, monsieur* Bernard[3]! Não aguento mais essa papagaiada falando sem parar.

---

1 Senhor Bernardo.
2 Por favor!
3 Sim, sim, senhor Bernardo.

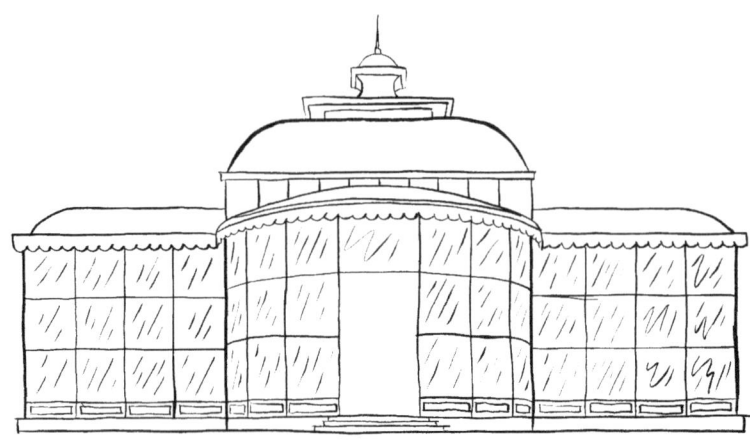

A Cidade de Pedro

Aos poucos, Petrópolis foi surgindo entre as montanhas, com seu cheiro de lenha queimada. O Rio Quitandinha, o rio Palatino e fumaças saindo das chaminés.

Tinha barracas de frutas e verduras. Jaulas de porcos e galinhas. Muitos escravizados, vendedores e ambulantes próximos à praça.

O meu cavalo trotava pelos cascalhos da cidade. Passamos por casarões, palacetes, a Rua do Imperador às margens do Rio Piabanha. Vimos os janelões do Palácio Imperial — residência de verão de Dom Pedro II, onde eu ficaria hospedado. Escutamos barulho de enxadas da construção da Catedral São Pedro de Alcântara. Tantas ruazinhas cheias de árvores. Tanto verde na luz do sol. Fazíamos o reconhecimento da cidadezinha tranquilos, mas Pegasus parou, de repente, cegado por um brilho diferente no meio da vegetação. O que era aquilo?

— Vamos Pegasus, vamos...

Demos a volta à beira rio e pouco a pouco, seguindo a luminosidade que cada vez mais aumentava.

— Auto lá, Pegasus!

Ele parou.

— Fica aí, amigo. Vou me aproximar para ver melhor. Volto em um instante.

Sob a sombra de um limoeiro, deixei meu cavalo descansar e fui em direção ao jardim, que estava repleto de guardas imperiais ao redor de um palácio transparente.

Era uma construção cintilante. Não muito grande. Tinha paredes de vidro que reluziam e vigas de ferro. Não precisou de tijolos nem de cimento para erguê-lo. Era todo de cristal. A luz do dia, as árvores, o jardim e a guarda imperial deixavam-no mais intrigante.

Mais tarde, soube que o Conde D'Eu o encomendou para dar à Isabel. Mandou colocar todos os cristais, as sustentações, o teto, tudo desmontando dentro do navio. E o Palácio de Cristal navegou pelo Mar do Atlântico, vindo da França, como eu, até chegar aqui.

O Salão

— O que deseja, senhor? – perguntou o chefe da guarda do Palácio de Cristal.

— Sou Bernard de Bourbon, mas pode me chamar de Bernardo.

— Boa tarde, senhor Bernardo. Fomos informados de sua visita a Petrópolis. Mas aqui é o Palácio de Cristal, não o Palácio Imperial...

— Sim, eu sei, ficarei no Palácio Imperial. Fui atraído pela arquitetura entre as árvores. É um lugar muito bonito! Parei para conhecer. Por que tantos guardas no jardim? Parece um lugar tão pacífico...

— A segurança do Palácio de Cristal é reforçada, senhor Bernardo. Ordens da princesa Isabel!

— Gostaria de entrar para conhecer o interior do palácio.

— Não é possível, senhor. Não deixamos ninguém entrar!

— Ora, oficial, viajei de tão longe... Deixe-me entrar, tomar um copo d'água?

— Bem, senhor Bernardo, como é um hóspede da Família Real, creio que não terei problemas em deixá-lo entrar por alguns minutos. Mas, por favor, seja breve!

O salão era inteiro iluminado com a transparência e a luz solar. As árvores do lado de fora eram os quadros das paredes.

No canto, havia uma imagem que me chamou atenção. Uma escultura de vidro de uma dama, em tamanho natural. Ela usava um vestido alaranjado e fitas cor-de-vinho entre os cabelos. Estava lá. De pé. Parada. Toda revestida de cristal. "Tenho que dizer à Isabel que essa peça, escondida e solitária, faria sucesso no Museu do Louvre!" – comentei alto.

Suas mãos delicadas repousavam sobre as saias do vestido. Os cabelos pareciam ter sido tocados por uma nevasca.

— Não se trata de uma peça, *monsieur*. – disse-me o homem que se aproximava.

— O quê?

— Permita-me, *monsieur* Bernard. Sou o administrador do escritório. O senhor não poderia ter entrado aqui!

— Perdão, senhor. Diga-me quem é o artista de obra tão real?

— Não é uma obra de arte. Não senhor, ela é uma dama de verdade, nós a chamamos de princesa de cristal. Está sob um efeito raro, uma espécie de feitiço, ou qualquer coisa parecida. Ninguém soube explicar até agora!

— Não sei se entendi direito. O senhor está tentando me dizer que a moça é de verdade e se transformou em uma estátua?

— Não se transformou, não, *monsieur*. Foi transformada...

— Mas como é possível? Estou confuso, senhor! Estaria eu perdido em uma terra de contos de fadas?

Desde que cheguei ao Brasil, não escutei nenhum comentário sobre o ocorrido. Se contasse essa história ninguém acreditaria! Então, algo muito ruim me passou pela cabeça. Tomei coragem para perguntar:

— Ela está morta?

— O médico do imperador veio especialmente para fazer um exame clínico desse fenômeno. Apesar de uma fina película de cristal encobrir suas vestes e o seu corpo, há uma pequena abertura nas narinas, por onde entra o ar. O médico, inclusive, conseguiu escutar os batimentos do seu coração. Ela está viva, senhor!

— Mas para permanecer viva, precisa se alimentar!

— O médico não soube explicar, mas o tal feitiço a mantém viva.

— Não existe uma forma de quebrar o cristal?

— É inquebrável, senhor! Alguns cientistas vieram examinar a moça a pedido da família real. Tentaram fazer de tudo. Desde aquecimento do vidro até martelo. Tudo no mais completo cuidado!

— Estou perplexo!

— A princesa de cristal é segredo de Estado, *monsieur* Bernardo! Dom Pedro II não quer criar alardes para não gerar pânico. O assunto tem sido mantido em segredo. Poucos sabem. Apenas os convidados que presenciaram a festa. A maioria entrou em choque e jura de pés juntos que não se lembra de nada.

— Inacreditável! Mas... quem fez isso, senhor administrador?

— Um homem conhecido como Víbora. Entrou na festa, escolheu esta moça entre os convidados e lançou o tal feitiço.

— Víbora? Busquei associar a palavra do português "víbora" para o francês, quando a imagem de uma serpente traduziu tudo em minha cabeça.

— Estou confuso, senhor administrador!

— Lamento, mas é a mais pura verdade. Peço sua completa discrição, *monsieur* Bernardo.

Não comente sobre isso com ninguém. Posso ser despedido!

— Fique tranquilo, senhor. Serei discreto.

— Há pouco tempo, tomamos conhecimento de que o senhor Milabás entrou em contato com a princesa Isabel para falar de sua teoria sobre o Víbora e esse fenômeno da princesa de cristal.

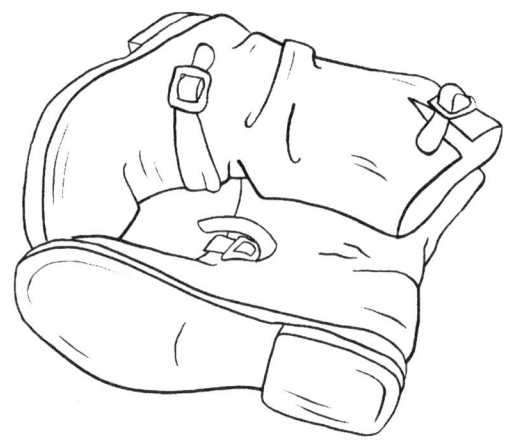

No Palácio Imperial

Tirar os sapatos, esticar os dedões e dormir era o que eu mais precisava fazer depois daquela surpresa inicial em Petrópolis.

Entrei no Palácio Imperial. Pegasus foi levado para a cocheira e o mordomo me recebeu. Guiou-me diretamente ao pavimento superior do palácio. Fui acomodado nos aposentos que pertenceram à falecida princesa Leopoldina. Seu quarto tinha uma grande janela para o jardim e sua cama era tão baixinha que tive de agachar para me deitar.

Exausto, tirei as botas. Meus pés, cheios de bolhas, conseguiram respirar. Não quis comer nada, tamanho era meu cansaço que até deixei o banho para o dia seguinte. Fechei os olhos, parei de pensar em português e adormeci com a imagem da princesa do Palácio de Cristal na cabeça.

O Telefonema

Meu estômago não era educado, fez o barulho de um balão que se fura. Eu estava faminto.

Na sala de refeição real, o mordomo pediu que me acomodasse para o café da manhã. Uma pirâmide de bananas veio em minha direção, depois mais outra de abacaxis, e outra de mamão e mais outra de manga. Cestas de pães assados de todos os tamanhos pousaram diante de mim. Um bule de café fazia aquele barulhinho quase silencioso do líquido que cai junto de uma pequena fumaça reconfortante na xícara.

Assim que terminei de comer, perguntei ao mordomo:

— Posso usar o telefone, *monsieur*?

— Sim, senhor, para onde deseja ligar?

— Para a Quinta da Boa Vista.

— Vou pedir a ligação, senhor!

Caminhei pelo palácio até o escritório do imperador.

— Alô?

— Alô? Aqui é Bernard de Bourbon. Eu gostaria de falar com a Princesa Isabel, *S'il vous plaît*[4]?

— Quem?

— É Bernard de Bourbon, mas pode me chamar de Bernardo! Preciso falar com a Princesa Isabel, mas pode ser com o Conde D'Eu, se ela não estiver disponível, por favor.

O atendente parecia emocionado ao falar ao telefone. Escutar, conversar à distância com que não se via era surpreendente.

— Sim, senhor! Levará alguns minutos para ela chegar aqui! É que o aparelho está instalado no gabinete de Dom Pedro! Aguarde, por favor!

Esperei muito tempo, até que, por fim, quem chegou ao telefone foi o conde, Dom Gastão, cumprimentando-me em francês:

— *Bonjour*[5], Bernard!

— *Bonjour monsieur, je suis à Petropolis.*[6]

— *Oui, monsieur*[7]. Visitei o Palácio de Cristal!

— Bernard de Bourbon! Esse assunto é *secret! Secret! Secret*[8]!

---
4 Por favor.
5 Bom dia.
6 Bom dia, senhor. Estou em Petrópolis.
7 Sim, Senhor.
8 Segredo.

O conde confirmou que as pistas sobre o Víbora estavam realmente nas mãos do senhor Milabás.

A família real exigia sigilo absoluto, uma vez que se tratava de um acontecimento inexplicável e ainda sem qualquer solução, que poderia prejudicar a imagem no Império. Se a notícia sobre a princesa de cristal se espalhasse, Petrópolis seria invadida por jornalistas, místicos e curiosos.

É claro que d. Gastão tentou me convencer a deixar o assunto de lado. Mas eu estava decidido. Iria procurar o Senhor Milabás e ajudar nas investigações. Foi assim que consegui o endereço do ancião.

Senhor Milabás

Cavalgávamos na trilha que nos levaria até o senhor Milabás. Eu tentava afastar os galhos com uma vara de bambu e sentia falta do meu chapéu. Não havia papagaios e maritacas desta vez. O lugar era um silêncio só.

Pegasus galopava inquieto, relinchando com seus pensamentos. Percebeu que éramos vigiados dentro da Mata Atlântica.

Camuflados, baixinhos, entre as bananeiras, esses curiosos espreitavam o mato tentando disfarçar a presença. Pude ver o vulto de um deles. Suas mãos, seus pés eram iguais aos da gente, só que mais peludos.

Avistamos uma pequena casa no meio das árvores, com janelas pintadas de azul: era a residência do senhor Milabás. Um homem que vivia sozinho, em retiro, no Morro dos Macacos. Da escadaria da varanda, ele acompanhava minha chegada.

— Bom dia, senhor Milabás!

— Bom dia, seu sotaque é francês...

— Sim, sim, venho de lá, estou me esforçando com o português.

— Qual é a sua graça?

— Bernard do Bourbon, mas pode me chamar de Bernardo. Estou hospedado na residência do Imperador, em Petrópolis.

— Desça do cavalo, Bernardo, vamos tomar um refresco! Não deve ter sido fácil chegar até aqui.

Acompanhei o senhor Milabás até a casa e não me dei conta daquela macacada ao redor do Pégasus:

"— Ah, mon Dieu[9]! Era só o que me faltava!" – relinchou, espantando os brincalhões.

O ancião arrastava seu sapato no assoalho da sala repleta de macaquinhos, até que se aproximou da bandeja com uma jarra de água fresca, com rodelas de limão.

— Estive no Palácio de Cristal, senhor Milabás e também conversei com o Conde D'Eu. Vim, porque gostaria de ajudá-lo a solucionar o segredo que envolve a princesa de cristal.

---
9   Oh, Meu Deus!

Compenetrado, usando uns óculos prateados, ele tentava escolher a melhor maneira de me contar o que aconteceu. Eu estava ansioso para saber os detalhes.

— Depois de tantas tentativas, Isabel parece ter desistido. O senhor, Bernardo, é o primeiro que vem me procurar aqui, quando o foco do assunto ganhou o nome: Víbora.

— Precisamos tirar a moça daquele aprisionamento, *monsieur*.

— Todos os artifícios possíveis foram usados para tentar quebrar aquele maldito feitiço! Nem cientista, nem calor, tampouco marreta resolveram! Só o Víbora é capaz de solucionar a questão. Quem lançou o tal feitiço é quem sabe desfazê-lo. É ou não é?

— Sim, senhor! Mas quem é este Víbora?

A Festa

Na festa de inauguração do Palácio de Cristal, dava para ver de fora os casais dançando a valsa da orquestra. As paredes transparentes, permitiam a visão das luzes e o colorido das roupas de longe.

A princesa Isabel e o Conde D'Eu estavam muito felizes, pois a estrutura do palácio era um exemplo de modernidade. Havia beleza no progresso, além do telefone, das estradas de ferro e até da luz elétrica, que, aos poucos, iam sendo implantados no Brasil.

As damas divertiam-se, graciosas. Entre elas, uma moça de vestido alaranjado passeava pelo salão, espalhando os cachos dos cabelos nos ombros. Era filha de um fazendeiro, proprietário de lavouras de café em Minas Gerais e de um casarão próximo às terras do Morro Queimado. Dizem que ela queria estudar e viajar para fora do país, mas seu pai, aristocrata, carrancudo, queria mesmo era arranjar-lhe um casamento.

Uma roda formada por alguns cavalheiros, discutiam, sussurrando assuntos abolicionistas:

— A Lei do Ventre Livre não foi suficiente...

— Creio que não, de maneira nenhuma!

— Libertar os novos descendentes dos escravos é apenas um primeiro passo!

— Escravos não, melhor seria dizer "escravizados". Eles foram forçados. O que fizeram com eles é um absurdo.

— Tenhamos calma, é preciso buscar mais conscientização de todos, principalmente dos fazendeiros.

— Mas os fazendeiros precisam de mão de obra para a lavoura.

— No Ceará e no Amazonas, o fim da escravidão é iminente!

— Os negros vão penar para sobreviver, mesmo depois de libertos.

— A Assembleia promulgará a Lei dos Sexagenários.

— A mão de obra desse elemento servil é pouco valiosa.

— "Elemento servil"? Nunca deveríamos chamar seres humanos de "elemento servil".

— Não fui eu quem inventou este termo, cavalheiros. Este nome está na lei.

— Que atrocidade.

— Isabel quer a abolição.

— Vamos mudar de assunto, cavalheiros. Estamos nas dependências da monarquia... Esse assunto nos leva a outro, chamado Re-pú-bli-ca.

— Fale baixo, senhor!

Todos se divertiam. Risadas tímidas, cochichos, brindes e fofocas sobre os vestidos. Mas tudo isso cessou com uma visão inesperada: um homem muito estranho, de paletó escamado com umas manchas pretas bem redondas, calças esverdeadas e sapatos de pele... pele de cobra.

Sem um fio de cabelo sequer, a cabeça oval e lustrosa carregava olhos que misturavam a uma simpatia sedutora e a um brilho de arrogância. O nariz era tão achatado em seu rosto, que só apareciam os buracos das narinas. Ele serpenteava entre os convidados, como se estivesse se preparando para dar o bote.

A princesa Isabel ficou tensa:

— Quem é aquele homem estranho, Gastão?

— Não sei, *mon chéri*...[10] Fique aqui no canto. Vou falar com o chefe da guarda. Ele deve saber.

O Conde saiu em direção ao jardim. Ficou confuso ao ver todos os guardas paralisados.

---
10   Minha querida.

— Oh, *mon Dieu!*

A dama de vestido alaranjado estava entretida com uma concha de ponche que colocava em sua taça. Bebeu um pouco e se deteve no prazer de mastigar um pedacinho da maçã. Colocou a taça sobre a mesa. De costas, ela não viu o Víbora se aproximar.

Deslizou pelo salão, chocalhando seu relógio de bolso, atraído pelo jeito desinteressado da moça. A música cessou. Alguns convidados começaram a sair assustados.

Parou na frente dela. A dama se voltou para ele. Olharam-se frente a frente, quando ele iniciou uma sibilação. Da língua cheia de saliva gosmenta nos cantos da boca, saltou uma palavra com um cuspido de cobra:

— "Você!"

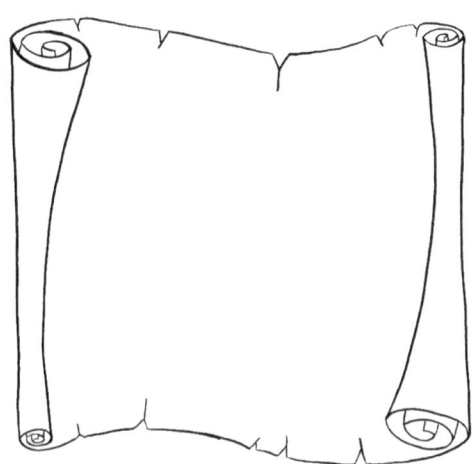

O Pergaminho

Escutei, impressionado, àquela história sem tirar os olhos do senhor Milabás.

— Minha tese inicial se baseia no fato de que o Víbora fez o que fez, pois pretendia, de alguma forma, chamar atenção da família real e da corte, por pura vaidade.

Ele se dirigiu até a gaveta do móvel e retirou um pergaminho.

— Aqui está, Bernardo. Elaborei um plano para encontrar o senhor Víbora. Descobri que ele sempre está no subterrâneo do Jardim de Simplício. Mas antes... antes de chegar até ele, você precisa comprar-lhe um presente.

— Um presente?

— Sim, meu caro Bernardo, recomendo que vá buscar este presente na Pedra do Sino.

A Pedra do Sino

Da Serra dos Órgãos avistamos uma trilha que nos levaria à Pedra do Sino – montanha mais alta da região. Não dava para ver o cume, só um embolado de nuvens que mais fazia lembrar a morada dos deuses do Olimpo. O pergaminho de Milabás alertava para a dificuldade da subida. Eu não poderia exigir tanto do Pegasus:

— Fica aqui embaixo descansando, amigo. Se tivesse asas você poderia me deixar de uma vez lá no topo! Vou deixar água e comida suficiente. Se chover, não tem outro jeito... vai molhar! Aproveite para dormir e descansar. Quando eu voltar, vamos atrás do Víbora!

"*Oh, mon Dieu... Merci beaucoup*[11], Bernard."

---
11 Oh, Meu Deus... Muito obrigado.

Pus-me dentro da trilha, chateado por deixar Pegasus sozinho. Caminhei por horas, até não aguentar mais.

O chão era barro e barranco. Íngreme e cheio de cascalhos. Sentia que andava em ziguezague o tempo inteiro. Foi assim que me descuidei e caí aos tropeços quando escutei um som violento vindo de uma cachoeira. Cansado, já não podia mais andar.

O tempo esfriou e decidi achar um canto na própria trilha para descansar. Acendi uma pequena fogueira, me cobri com uma manta e abri o pergaminho do Senhor Milabás. O objetivo era chegar ao topo e conseguir o xale de fuxico[12] vermelho.

— Que coisa estranha, o que será isso... "fuxico"?

---
12 Flor feita de tecido, artesanato.

As Guardiãs Caolhas

Não sei dizer se desmaiei de cansaço. Não sei dizer se dormi um minuto só. O fato é que eu fui despertado com uma respiração esquisita de alguém perto de mim. Era uma mistura de ervas com lenha queimada. Mantive os olhos fechados, com medo do que viria. Fiz sinal de empurrar quem quer que estivesse na minha frente.

Demorei para ter coragem de abrir os olhos. Não enxergava quase nada com a neblina. Mas foi possível ver as silhuetas de duas mulheres de cabelos brancos, longos, até os joelhos. Eu tentava forçar a vista, mas a névoa dificultava, quando uma delas, com a voz mais segura, me disse, no meio da cerração:

— Ainda restam dez quilômetros para chegar ao cume, moço.

— Bom dia, senhoras, sou Bernard de Bourbon. Mas podem me chamar de Bernardo. As senhoras vivem aqui? – perguntei ciente de que se tratava da pergunta mais tola possível.

— Você sabe que sim, mocinho. O senhor Milabás não lhe contou tudo? – disse uma delas.

— Sim. E escreveu as instruções neste pergaminho.

— Ele fala bem português, não é, mana?

— Tem esse sotaque francês, mas fala bem.

As duas se aproximaram de mim devagarzinho, descompassadas e coxas. Tinham os pares de olhos mais feios que já vi. O esquerdo era azul leitoso. O direito, um vão, que dava para ver veias e artérias. Parecia que tinham extraído o globo ocular com uma ponta de faca e só ficou o buraco. Os cabelos balançavam e se misturavam com a neblina. Assemelhavam-se uma coisa só. Cabelos e brumas.

— As senhoras podem me guiar até o cume?

— O que ganhamos em troca?

— Não tenho muito dinheiro comigo, senhoras!

— Não nos chame de "senhoras"! Pode nos chamar de "você", não é, mana?

— Foi a única palavra proferida pelo Víbora, não é? – ironizou a outra.

— O moço pensa que somos boazinhas, não sabe no que está se metendo... – assim que terminou de falar, lançou o chicote sobre mim como o brilho de um raio repentino. Caí no chão, amarrado.

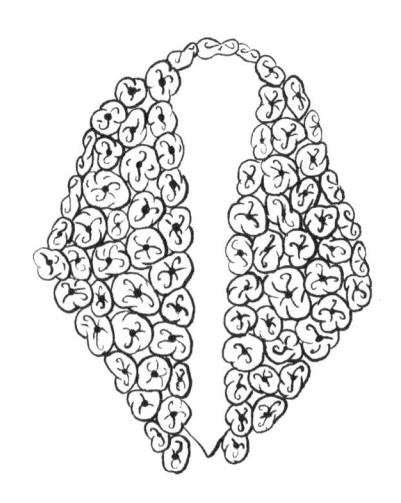

O Xale de Fuxico Vermelho

Fui arrastado até o cume, feito um saco de batatas. Eu, que já tinha o corpo esfolado por causa das maritacas que roubaram meu chapéu, agora tinha alguns pontos do meu braço em carne viva.

Do topo da Pedra do Sino a gente sente a ventania. Dava para ver dali o que talvez fosse o mais belo cenário da Serra dos Órgãos. Foi como se avistasse uma grande catedral a céu aberto. Cada morro um tubo do órgão. Cada órgão de um tamanho.

As guardiãs apontaram uma pequena torre ali construída, enquanto me desamarravam do chicote. Depois, me mostraram um sino que estava no chão.

— Para o mocinho conseguir o xale de fuxico vermelho, vai ter de pendurar esse sino na torre.

— Como as senhoras sabem que preciso do xale de fuxico vermelho?

— Sabemos de quase tudo, moço.

— Se sabem de quase tudo, devem saber que eu, com o corpo machucado desse jeito, depois de escalar a montanha e ter sido arrastado, não tenho agora condições de levar um sino pesado!

— Vamos deixá-lo descansar, moço. Somos caolhas, não somos megeras.

— Se ao menos eu tivesse meu cavalo Pegasus aqui comigo... ele me ajudaria, empurrando a corda, tentaríamos arrastar o sino.

Uma delas acendeu uma fogueira em grossas toras de madeira como se fizesse um feitiço. Rápida e instantaneamente, as labaredas começaram a arder. As anciãs colocaram uma panela para fervilhar, cheia de caldo que cheirava capim.

— É sopa de ervas da mata, mocinho. O senhor tem que ficar forte para pendurar o sino e enfrentar o Víbora.

— As senhoras parecem feiticeiras, sei que não precisam de mim para pendurar o sino...

— Não vê que somos velhas e coxas, moço? Nossos poderes não funcionam com materiais de cobre e estanho. A única coisa que temos feito de útil é o trabalho com os fuxicos.

Uma delas pegou uma manta feita com um conjunto de retalhos alinhavados em carreiras. Uma peça de muitos panos, cada pano era costurado no outro, como uma rede de botões de flores, em muitas variações de vermelho. Uma flor costurada em outra e mais outra, e mais outra, que, com muitas, formavam o xale.

— Então é este o famoso fuxico?

— O moço vai dar este xale de presente para o Víbora? Ou para a princesa de Cristal?

— Milabás pediu que eu não comentasse nada sobre os planos traçados para não comprometer ninguém, desculpe.

— Pendure o sino e pode ir embora, mocinho. Pode levar este xale de fuxico.

— Já disse, senhoras, se Pegasus estivesse aqui, eu bem que tentaria ajudá-las... sem cordas, cipós, seria preciso mais gente para empurrar.

— Pegasus? O cavalo nascido do sangue da Medusa?

— Foi da Medusa decapitada por Perseu que Pegasus nasceu? – disse a outra.

— Até rimou, irmã!

Elas gargalharam. Pareciam zombar de mim trazendo aquela mitologia grega de repente. A primeira coisa que pensei foi tentar fugir. As caolhas começaram a tagarelar entre si, falando sobre quimeras, Belerofonte, Atena, Zeus e tudo que envolvia o Pegasus da mitologia. Mas o meu cavalo estava muito distante disso.

No entanto, até hoje, ainda estranho quando penso no que se sucedeu. Só agora percebo que toda aquela conversa das caolhas parecia um tipo de encantamento, invocação. Pois, no céu, sobre a Pedra do Sino, ele apareceu voando, vindo em nossa direção. Não o Pegasus de Belerofonte. Mas o Pegasus, meu amigo, meu companheiro de viagem. Sem asas, tão branco quanto as nuvens que o cercavam. Eu sei que deve ser difícil de acreditar, mas é verdade. Ao ver a fogueira, ele diminuiu a velocidade para pousar diante de nós, todo sorridente.

Você sabe quando um cavalo sorri. Ele abre os beiços e mostra todos os dentes.

Pandion

Com a ajuda de Pegasus e muito esforço pendurei o sino para as caolhas, guardiãs da Pedra do Sino. Enquanto iniciavam as badaladas para testar a campana, montei no cavalo e demos a partida pelos ares, levando o xale de fuxico vermelho.

Nosso próximo destino estava escrito nos pergaminhos de Milabás – a estrada de Nova Friburgo.

— Pegasus, veja!

Passava por nós uma águia que vinha veloz a nosso encontro, emitindo um som seco e estridente. Tentei decifrar a conversa entre meu cavalo e a águia. Não consegui entender uma só palavra.

— Quem são vocês?

— Sou Pegasus. Cavalo de Bernard de Bourbon.

— Meu nome é Pandion.

— Muito prazer!

— É a primeira vez que vejo um cavalo voar, senhor Pegasus! Já vi as caolhas fazerem cobras, lagartos, capivaras, macacos voarem, mas cavalo é a primeira vez que vejo.

— Até que estou gostando.

— O feitiço delas não deve durar muito... Tome cuidado! Para onde estão indo?

— Segundo Bernard, estamos procurando um jardim na estrada de Nova Friburgo.

— Por acaso é o Jardim de Simplício?

— Sim. Conhece?

— Posso guiar vocês até lá!

O Jardim de Simplício

A águia pousou em uma ladeira, ao lado de um muro de barro vermelho todo escorado com pedaços de pau. Meu cavalo aterrissou sem diminuir a velocidade, e fui lançado dentro de uma piscina de lama.

— Pegasus! Veja como estou! Da próxima vez, tome cuidado quando tiver de pousar!

— *Pardon, monsieur*! Ainda não tenho prática de voo...

Eu tentava sair do atoleiro, mas escorregava e afundava mais.

— Pegasus, jogue a corda para mim, por favor!

Era barro, argila e lodo, impregnados. Depois de ser puxado por Pegasus senti a lama que cobria todo meu corpo, meus cabelos e meu rosto, secando em mim, trincando na minha pele, se misturando aos meus machucados.

— Vou entrar no Jardim de Simplício, Pegasus! Se eu me demorar, vá para o Morro dos Macacos e encontre o senhor Milabás e fique lá com ele protegido!

— *Oui, monsieur.*

Não havia porta de entrada no jardim. Caminhei ao redor do paredão e encontrei uma pequena passagem no muro, por ali entrei. O chão de enxurradas trazia muitas formas esculpidas nos barrancos, feitas das junções das árvores com o barro das encostas e cobertas com limo verde. Tinha tartaruga, povos indígenas, cachorro e até casais de namorados.

— Posso ajudá-lo, senhor?

— Bom dia! Por favor, estou conhecendo o jardim! – falei envergonhado, pois eu estava todo sujo.

— Meu nome é Simplício, o jardineiro.

— Sou Bernardo. Desculpe pelos meus trajes, senhor. Caí do cavalo no lamaçal.

— Pensei que você tivesse vestido para a assembleia.

— Que assembleia?

— As cobras e serpentes estão reunidas hoje no subterrâneo dos fundos do meu terreno. O senhor está bem trajado para a ocasião – riu Simplício.

— Sim! Parece que estou mesmo!

O pergaminho fazia referência ao Jardim de Simplício como possível esconderijo do Víbora, mas não mencionava nada sobre a assembleia. Fui ver do que se tratava.

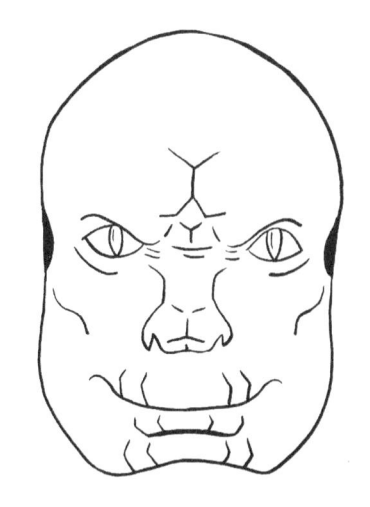

A Assembleia

    Simplício me guiou até a entrada de uma toca. Despediu-se de mim e desapareceu. Entrei como um lagarto que se arrasta, camuflado pelo barro. Estava tudo escuro! Mas eu conseguia enxergar lampejos de luz lá no fundo e sombras em movimentação. Deitado, fui escorregando facilmente pelo túnel, seguindo o som das chacoalhadas que eu ouvia.

    Espreitei uma quantidade imensa de répteis reunidos em grupos. Dava para sentir o barulho do rastejar das serpentes no chão, coberto de palhas secas de milho. A sala por onde circulavam era toda enfeitada de objetos e animais transformados em cristal, tal como a dama do Palácio. Havia coelhos, árvores, gatos e até uma vaca como estátuas vivas.

Adiante, em uma espécie de trono de barro, o homem Víbora escutava, com atenção, a leitura do relatório das surucucus. Quando uma anaconda interrompeu e pediu a palavra:

— Silêncio, silêncio, companheiros!

As guizalhadas cessaram.

— Sei da presença de outra espécie entre nós! Captei cheiro de homem misturado com barro.

Eu podia jurar que ninguém tinha me notado. Engano meu! A assembleia inteira de serpentes se posicionou, de repente, diante de mim, preparando um único bote.

Eu não respirei, não pisquei e não me mexi. Todas aquelas cobras olhando para mim com suas línguas sibilinas. Um movimento em falso e eu seria picado por todas elas ao mesmo tempo. Algumas deviam ser venenosas.

— Saudações, senhor! Quem é você? — a voz era do Víbora.

Não foi possível vê-lo com aquelas cobras todas me vigiando, prontas para o ataque. Preferi não responder. Continuei olhando para as cobras que me apreciavam.

— O senhor pode responder! Elas não picarão a menos que eu determine.

— Bernard... de.... Bourbon.

— Francês?

— *Oui*.

— Fala português?

— Sim, senhor.

— Aproxime-se, *monsieur*. Admiro sua coragem de vir até aqui.

Quando as cobras baixaram e abriram caminho até o trono onde estava o Víbora, eu consegui voltar a respirar melhor.

— O senhor tentou esse disfarce para chegar até aqui. Está quase um homem cobra como eu!

— Não foi de propósito, foi por acaso que caí no lamaçal.

— O senhor é um jovem incomum, Bernard. Sair da França e vir ao Brasil participar de uma assembleia de cobras...

— Estou hospedado no Palácio Imperial de Petrópolis, senhor. Sou convidado da família real. Ouvi muito sobre Vossa Senhoria!

Víbora estufou o peito de vaidade:

— Meu nome é Elafe Gutata e também sou da sua espécie, *monsieur* Bernard.

— Eu sei, senhor. Nota-se que é um homem educado.

Víbora seguiu de peito erguido.

— Educado sou, *monsieur*, um educado excluído da sociedade. Causo medo com essa aparência, como pode ver.

— Gostaria de oferecer este presente a Vossa Senhoria, com os cumprimentos da família real e da população de Petrópolis. Em especial, do Senhor Milabás.

Tirei o pacote que estava amarrado na minha mochila.

O homem cobra, muito surpreso com o presente, abriu o pacote e desenrolou o xale de fuxico.

— Ora, ora! Muito obrigado! Como adivinharam? Adoro fuxico!

— De nada, senhor! Foi confeccionado pelas guardiãs da Pedra do Sino.

— As caolhas? Mas elas ainda estão vivas?

— Sim, vivíssimas!

— Eu acho muito bonito esses trabalhos artesanais. Sou um apreciador. É um presente muito especial, obrigado. O Senhor Milabás pelo visto me conhece bem.

— Sente-se senhor Bernard.

— Pode me chamar de Bernardo!

— Claro, Bernardo. Estávamos aqui reunidos hoje, para discutir sobre o equilíbrio do ecossistema. Estamos preocupados com o futuro da região da Serra dos Órgãos.

— Por quê? Algum problema?

— A civilização avança para cá, estão construindo estradas, túneis, em breve tudo estará tomado. Aumentando a população, aumenta produção de lixo, por exemplo...

Uma luz na toca semiescura se voltava para o rosto do Víbora e eu o enxergava falando, falando. Não prestei muita atenção em suas palavras, pois, ao meu redor as cobras, sibilavam, os répteis rastejavam. Elafe Gutata era simpático, elegante. O nariz, que mal aparecia em seu rosto, não chocava tanto. Eu precisava manter o foco, não poderia esquecer de que ele havia transformado a princesa de cristal e eu estava lá para saber a respeito.

— Pensava que eu era um ofídio venenoso, *monsieur*?

— Com todo respeito, o que sei é que todos têm medo de Vossa Senhoria.

— Não sou peçonhento! Sou dócil. Ninguém quis me conhecer e me julgam pelas aparências.

Eu poderia dar corda e começar uma conversa filosófica sobre aparências e enganos, mas decidi mudar de assunto:

— Senhor Gutata, vejo que o senhor coleciona cristais!

— Sim, Bernardo! Gosta?

— Estou interessado naquela peça raríssima que Vossa Senhoria transformou no Palácio de Cristal.

— Nossa! É verdade! Quanto tempo faz isso? Havia me esquecido daquela dama.

— Não sei ao certo. Um pouco mais de um ano, talvez?

— Já faz tudo isso que Isabel e Gastão deram a festa?

— Parece que sim, senhor. O senhor transformou a dama em uma peça de cristal e ela está lá até agora!

— Mas ninguém me procurou! Achei que tivessem gostado da minha obra de arte.

— Todos têm medo de Vossa Senhoria, Senhor Gutata!

— Pois bastava que falassem comigo! Bastava que me pedissem! Falta coragem às pessoas... Não acredito a que moça ainda está lá!

— Sim, está lá, respirando inerte! Dizem que está viva, mas não sei como. Tanto tempo sem comer...

— Já disse que não sou peçonhento! O cristal lhe oferece nutrientes, substâncias minerais. Além do sol, que atravessa as paredes do palácio de cristal! Tem também o oxigênio e o poder do encantamento. Tudo isso a mantém viva, pode acreditar.

— Acredito! Não posso duvidar, estando aqui, assistindo a Vossa Senhoria diante de tantas cobras venenosas.

— Mas eu sou dócil, não mato ninguém, a menos que eu queira. E eu não costumo querer. Cada dia que passa, Senhor Bernardo, me dou conta de que o mundo é um lugar repleto de temores. Porque não vieram falar comigo antes?

O Conde? A princesa Isabel? Quem sabe, até Dom Pedro II? Ninguém quis se aproximar! Seria tão simples.

— Mas o senhor invadiu a festa e fez o que fez! Acha isso certo?

— Certo e errado são conceitos muito relativos, *monsieur*. Se eu não tivesse lançado a magia a dama, talvez o senhor não estivesse aqui, comigo, agora, enfrentando seu medo diante dessas cobras! Mas reconheço que sou impulsivo.

— Aquela moça paralisada não merece ficar lá daquele jeito, deixando a vida passar, sem se mexer! É um ser humano.

— Ela foi a única que não teve medo de mim ao me olhar.

— O que é preciso fazer, então, senhor Gutata?

— Aguarde um pouco, Bernardo, vamos resolver isso em particular... Meus caros ofídios, a assembleia está encerrada! Façam constar em ata a honrosa presença do nosso convidado, *monsieur* Bernard de Bourbon.

De Volta ao Palácio de Cristal

Pegasus já não voava mais. Tinha perdido seu poder temporário de alado, graças às guardiãs caolhas, que nos ajudaram a chegar mais rápido ao Jardim de Simplício para encontrar o Víbora.

Voltamos cavalgando para o Palácio Imperial. Eu precisava de um banho. Queria tirar aquela lama do corpo. Telefonei para a Princesa Isabel na Quinta da Boa Vista, mas não consegui falar. Nem com ela nem com Dom Gastão. Muito menos com Dom Pedro II. Eu queria avisar o Senhor Milabás, que o plano estava afinal dando certo, mas não havia tempo de voltar ao Morro dos Macacos.

Para evitar alardes, decidi tentar resolver tudo sozinho. No dia seguinte, à tarde, conforme determinou o Víbora, tomei o rumo do Palácio de Cristal.

— Senhor administrador! Tenho ordens da princesa Isabel para transportar a dama de cristal para um lugar mais seguro.

— Como assim? Ninguém da corte imperial entrou em contato comigo para me avisar disso, Bernardo.

— Não é preciso, senhor, estou encarregado das investigações agora. O senhor não foi notificado?

— Não fui! A guarda imperial aí fora está reforçada e só obedece às ordens do Conde D'Eu e todas as questões da dama dependem da aprovação de Dom Pedro II. Se ele não der a ordem, o senhor será preso.

— Ligue para eles, senhor. É importante que o transporte seja agora. Está anoitecendo, é a hora mais discreta para o transporte. Pensei em cobri-la e, se alguém perguntar, diremos que se trata de uma imagem para a Igreja de São Pedro de Alcântara.

Escutamos um barulho de carruagem. O administrador saiu até a porta para ver quem se aproximava. Elafe Gutata apareceu imponente, trajando a capa de fuxico vermelho e ignorando a guarda imperial. Quando me viu perto da princesa de cristal, comentou:

— Ora, ora, ora! Que obra de arte, não é mesmo? Uma verdadeira princesa de cristal!

Não só a aguarda, como também o administrador paralisaram de medo, não por feitiço do Víbora, mas de nervoso mesmo, de encontrá-lo de surpresa.

— Desculpe, senhor, se eu dissesse que o Víbora viria me ajudar a buscá-la, não me deixaria sair com a dama. Não se preocupe.

— Senhor Bernardo! Não posso permitir que saiam sem ordens expressas de Dom Pedro II! – em seguida, ele conseguiu berrar duas vezes: — Guardas, Guardas!

Antes que gritasse pela terceira vez, Víbora levantou a sua bengala.

— Não! O senhor prometeu que não transformaria mais ninguém em cristal!

O administrador com medo do destino iminente, calou-se. Víbora baixou o braço, se aproximou da dama e a cobriu com o xale de fuxico vermelho.

— Vamos, Bernardo, vamos carregá-la até a carruagem!

— Para onde vamos?

— Não me faça perguntas agora, Bernardo! Vamos! Levante-a, eu ajudo! Rápido!

— E a guarda imperial?

— Vamos dar o fora daqui a menos que queira que os transforme em cristal!

— Não! Não! Vamos tentar fugir deles, senhor Gutata. Vamos!

A Cobra e a Águia

Colocamos a dama de cristal na carruagem do Víbora. Amarramos Pegasus junto de outro cavalo para dar mais velocidade. E, em um estalo dos chicotes, partimos.

— Sou Pegasus! Boa tarde!

— Boa tarde! Meu nome é Expresso... Café Expresso.

— É melhor correr, Expresso, porque estamos sendo seguidos!

A guarda imperial inteira disparava atrás de nós.

— Você está escutando isso, Senhor Gutata?

— Escutando o quê? Não escuto muito bem... Percebo o cheiro melhor.

— Eles estão atirando em nós!

— O senhor me fez jurar que não posso transformar ninguém em cristal...

Armas ocas e barulhentas. Um tiro atingiu a ponta dos sapatos da dama, que estavam para fora da carruagem, mas ela estava protegida pelo cristal que era inquebrável. Que afinal, acabou por servir de escudo para nós.

Enquanto eu conduzia os cavalos pelas rédeas, Víbora colocou as mãos em sua bolsa, retirando dois metros de uma jiboia asquerosa.

— Esta é a Ji-Ji Gutata, meu animal de estimação, Bernardo! "Fala 'oi' para o Bernardo, fala, Ji-Ji!"

— Não há tempo para brincar com cobras agora, senhor Elafe! Eles estão atirando!

— Alguém precisa fazer algo, senhor Bernardo, e este alguém sou eu!

Víbora sibilou algumas palavras olhando nos olhos da cobra, que parecia entender seu dono. A jiboia saltou do colo de Gutata e rastejou. Com rapidez, posicionou-se para dar o bote à frente dos cavalos da guarda imperial.

Os animais arregalaram os olhos de susto e frearam, raspando suas ferraduras no chão. A cobra os ameaçava. Mas os guardas decidiram preparar suas escopetas para uma mira. Ji-ji, que não podia destilar veneno porque não tinha, morreria.

Foi quando escutamos no céu o grito da águia Pandion, amiga de Pegasus. Apareceu de repente, em um voo rasante para tentar ajudar a jiboia. Os cavalos, aos coices, relinchavam assustados. Mas a guarda, insistente, apontou todas as armas para Pandion e Ji-ji.

Elafe Gutata olhou para trás e gritou:

— "Vocês!"

Os tiros foram disparados contra a águia e a cobra. Mas Víbora interferiu, transformando Pandion e Ji-Ji em uma única peça revestida de cristal inquebrável. Semelhante à dama e aos animais no subterrâneo do Jardim de Simplício.

O fenômeno assustou a guarda, que parou imediatamente, receosos de que Elafe Gutata pudesse fazer o mesmo com eles. Foi assim que conseguimos nos livrar da guarda imperial.

A Sala do Eco

Pouca gente sabia da existência do casarão construído próximo da Fazenda Quitandinha. Um lugar secreto à beira do lago, para onde levamos a carruagem.

— Auto lá, Pegasus!

— *Merci, merci*[13]. Estou cansado de cavalgar. Já estou sentindo falta da mágica das guardiãs caolhas! Queria voar de novo.

— Voar de novo? – perguntou Café Expresso.

— Pois é, vou contar esta história enquanto esperamos.

— Conte, conte!

— Pois é, eu voei...

Subimos as escadarias da mansão carregando a dama. Eu a segurava pelos ombros e o Víbora pelos pés. Ela parecia intacta, tranquila. Reparei

---

13 Obrigado, Obrigado.

seus olhos. Ela parecia levitar. Passamos por várias salas até que ingressamos em um salão redondo com uma abóboda muito alta.

— Bernardo-ado-ado-ado-ado-ado-ado-ado-ado-ado-ado-ado-ado-ado.

A acústica da sala fazia o som da voz humana se propagar, em um desfile sonoro e surpreendente.

— Gutata-ata-ata-ata-ata-ata-ata-ata-ata-ata-ata-ata-aat-ata-ata.

Escutamos do lado de fora o barulho dos cavalos da guarda imperial que parecia não ter desistido.

Víbora, colocou a dama no centro do salão e com sua agilidade rastejante veio para perto de mim, em uma tentativa de diminuir a intensidade do eco de sua voz. Foi assim que sussurrou no meu ouvido:

— Vamos, Bernardo, quebre você mesmo este cristal-tal-tal-tal-tal. Olhe bem nos olhos dela e chame-a com a máxima potência da sua voz-oz-oz-oz-oz-oz-oz.

Aproximei-me da dama e retirei o xale de fuxico vermelho e entreguei ao Víbora. Olhei bem para ela. Minhas mãos suavam. Meu coração quase subiu para a garganta. Foi quando me dei conta de quê...

— O que foi Bernardo-ado-ado-ado-ado-ado-ado-ado-ado-ado-ado-ado-ado-ado-ado-ado?

— Acabo de constatar uma coisa, senhor Gutata-ata-ata-ata-ata-ata-ata-ata-ata-ata-ata-ata-ata-ata!

— O quêêêêêêê, Bernardo-ado-ado-ado-ado-ado-ado-ado-ado-ado-ado-ado-ado?

Lembrei das palavras daquele homem que me ajudou, quando cai da ribanceira, próximo ao Túnel do Papagaio. "Quem perde o chapéu, perde a cabeça". Ali estava a prova, e depois de tudo me dei conta de que não sabia qual era o nome da princesa de cristal.

— Esqueci de perguntar qual é o nome dela-ela-ela-ela-ela-ela-ela-ela-ela-ela-ela-ela-ela-ela-ela!

Elafe se aproximou novamente de mim e sibilou baixinho:

— Diga apenas "você"! Vamos! A guarda imperial se aproxima-ima-ima-ima-ima.

Foi assim. Ali, dentro da sala do eco, estufei o peito e entoei como um tenor:

— Você! Você-você-você-você-você-você-você-você-você-você-você-você-você!

Minha voz percorreu a sala do eco inteira e penetrou o cristal que revestia a dama. Um barulho fino de rachadura, milhares de pedacinhos minúsculos de vidro que se partiam e se misturavam ao eco fabricando uma orquestra tilintante.

Elafe Gutata não se despediu, desceu as escadarias, com sua discrição de cobra astuta, antes que a guarda imperial chegasse. Eu, ao contrário, apenas dei três ou quatro passos para trás, pois os cristais que estouravam formavam pozinhos pelo ar.

A princesa de cristal esticou seus braços entre os vidrinhos que caiam. Levantou a cabeça, olhou tudo ao seu redor e sacudiu o vestido. Parecia confusa com o barulho do eco.

Olhou para mim com seu par de olhos vivos, ainda atônitos. Deu alguns passos para sair daquele amontoado de cristais. Levou a mão ao peito, depois à cabeça, e, tocou seu rosto, conferindo a si mesma.

Chacoalhou um pouco mais a saia, cheia de pó de cristal e retirou um lenço de seu bolso. Em seguida, deu um espirro enorme que ecoou por toda a sala do eco.

Ela havia estado por muito tempo imóvel. Por longo tempo parada. Então, veio-me a lembrança de tudo o que eu havia passado para que ela estivesse ali, naquele momento, em movimento diante de mim. Eu não sabia o que dizer. Sorri para ela, atrelado a uma única pergunta. A mais óbvia, a mais comum, a mais simples e a que parecia ser um bom início:

— Como você se chama-ama-ama-ama-ama-ama-ama-ama-ama-ama-ama-ama-ama-ama-ama?

Ela veio em minha direção e, com o sorriso delicado, de alívio, sussurrou:

— Lia-lia-lia.

Curiosidades

SERRA DOS ÓRGÃOS – Complexo de montanhas da Serra do Mar, abrangendo vários municípios como, por exemplo, Petrópolis e Teresópolis. Virou Parque Nacional no final da década de 1930, para proteger a excepcional paisagem e biodiversidade.

CRIAÇÃO DA CIDADE DE PETRÓPOLIS – Dom Pedro I, em uma de suas viagens pelo Caminho do Ouro, que o levava até Minas Gerais, hospedou-se na fazenda Córrego Seco. Gostou tanto que comprou as terras do Padre Correia. Seu filho, Dom Pedro II, herdou as terras e fundou a Vila de Petrópolis. "Petro" é Pedro e "Pólis", cidade. Portanto, cidade de Pedro.

ESCRAVIDÃO – A Temática terá foco no 4° livro da série, que se passará em 1888, quando da proclamação da Lei Áurea. Mas sabemos que a subserviência forçada dos negros aos fazendeiros e aristocratas, gerou um impacto profundo na sociedade brasileira, desencadeando nas desigualdades sociais existentes no Brasil até hoje, mesmo com a abolição ocorrendo gradualmente no país, como é mencionado neste livro.

CAPATAZ– Era o nome dado à pessoa que chefiava um grupo de trabalhadores.

PALÁCIO DE CRISTAL – Foi um presente de casamento dado à Princesa Isabel por seu marido; em 1884, e passa a abrigar exposições de produtos agrícolas e hortícolas por iniciativa do casal real. Hoje, o Palácio de Cristal é usado para exposições e apresentações musicais e teatrais.

PRINCESA LEOPOLDINA – Irmã mais nova da princesa Isabel, filha de Dom Pedro II e Tereza Cristina, ela tinha um nome grande: Leopoldina Tereza Francisca Carolina Micaela Gabriela Rafaela Gonzaga de Bragança e Bourbon, casou-se com Luís Augusto — o Duque de Saxe, e tiveram três filhos; morava na Áustria, onde, aos 23 anos, ficou muito doente, vindo a falecer em 1871.

O TELEFONE – Foi inaugurado no Brasil em 1880. A invenção de Graham Bell havia sido requisitada por Dom Pedro II, que pedira a instalação da primeira linha em sua residência, no Rio de Janeiro, sendo a primeira linha interurbana e ligada no Palácio Imperial.

MORRO DOS MACACOS – Tem 990 metros de altitude.

PEDRA DO SINO – Ponto culminante da Serra dos Órgãos. Possui 2.275 metros de altitude.

PEGASUS – Nome do cavalo alado da mitologia grega, presente nos mitos de Perseu, Medusa e Belerofonte. Assim também é chamada uma constelação do hemisfério celestial norte. Diz-se Pégaso, em português.

PANDION – É o nome de uma águia membro da família Pandionidae, também conhecida como ave pescadora, cujo nome deriva do mítico rei grego Pandíon.

ELAFE GUTATA – A grafia correta é *Elaphe Guttata* – nome científico da cobra do milho. São animais geralmente agradáveis e raramente mordem.

OLFATO DE COBRA – Olfato é o principal órgão de orientação das serpentes e ele é capaz de suprir as deficiências visuais e auditivas, já que elas não podem captar o som pelo ar, pois não possuem abertura nos ouvidos. Serpentes não sentem o cheiro pelas narinas. A captação do odor é realizada pela língua.

JARDIM DE SIMPLÍCIO – Inspirado no Sítio do Nêgo, do artista cearense Gerardo Simplício, que produz arte no barro das terras em declive, fazendo figuras gigantescas nas encostas e declives do terreno existente em sua casa, tratando essas esculturas com lama preta, umidade e abafamento para que se encham de musgos. O jardim está situado na estrada de Nova Friburgo.

A ÁGUIA E A COBRA – É uma escultura existente no chafariz da Praça Visconde de Mauá, em Petrópolis. Situada em frente ao Palácio Amarelo (Câmara Municipal). A representação da águia e da cobra é até hoje misteriosa.

SALA DO ECO – Situada dentro do Palácio Quitandinha, construído apenas no ano de 1944. A sala do eco tem o teto composto por uma cúpula com aproximadamente trinta metros de altura e cinquenta metros de diâmetro, que ecoa quatorze vezes o som da voz humana.

BERNARD DE BOURBON – Personagem da imaginação, que veio da França em busca de aventuras pelo Brasil, durante os anos que antecedem o final do Império e o início da República. Neste momento, viaja com Pegasus para conhecer o Amazonas.

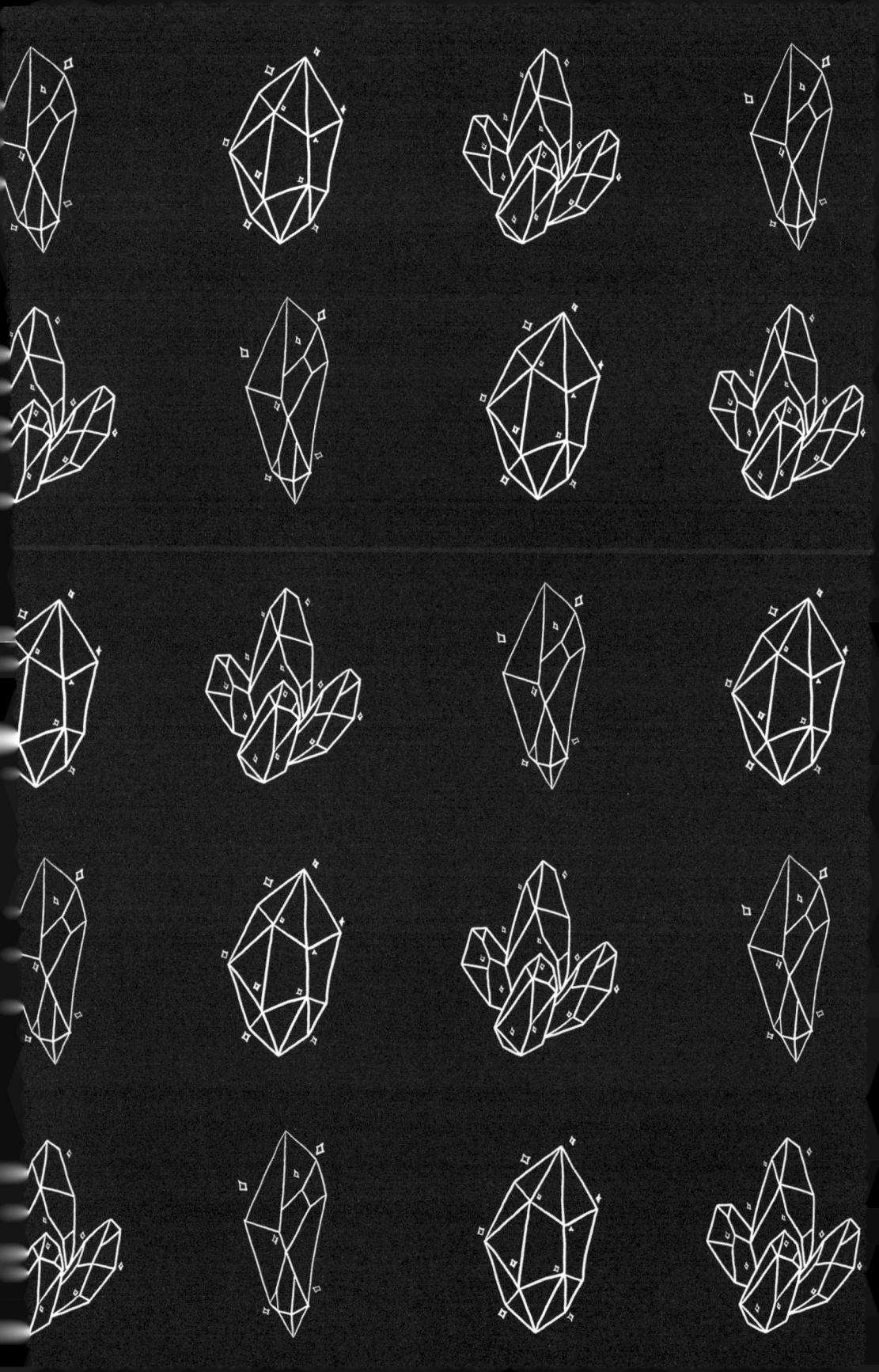

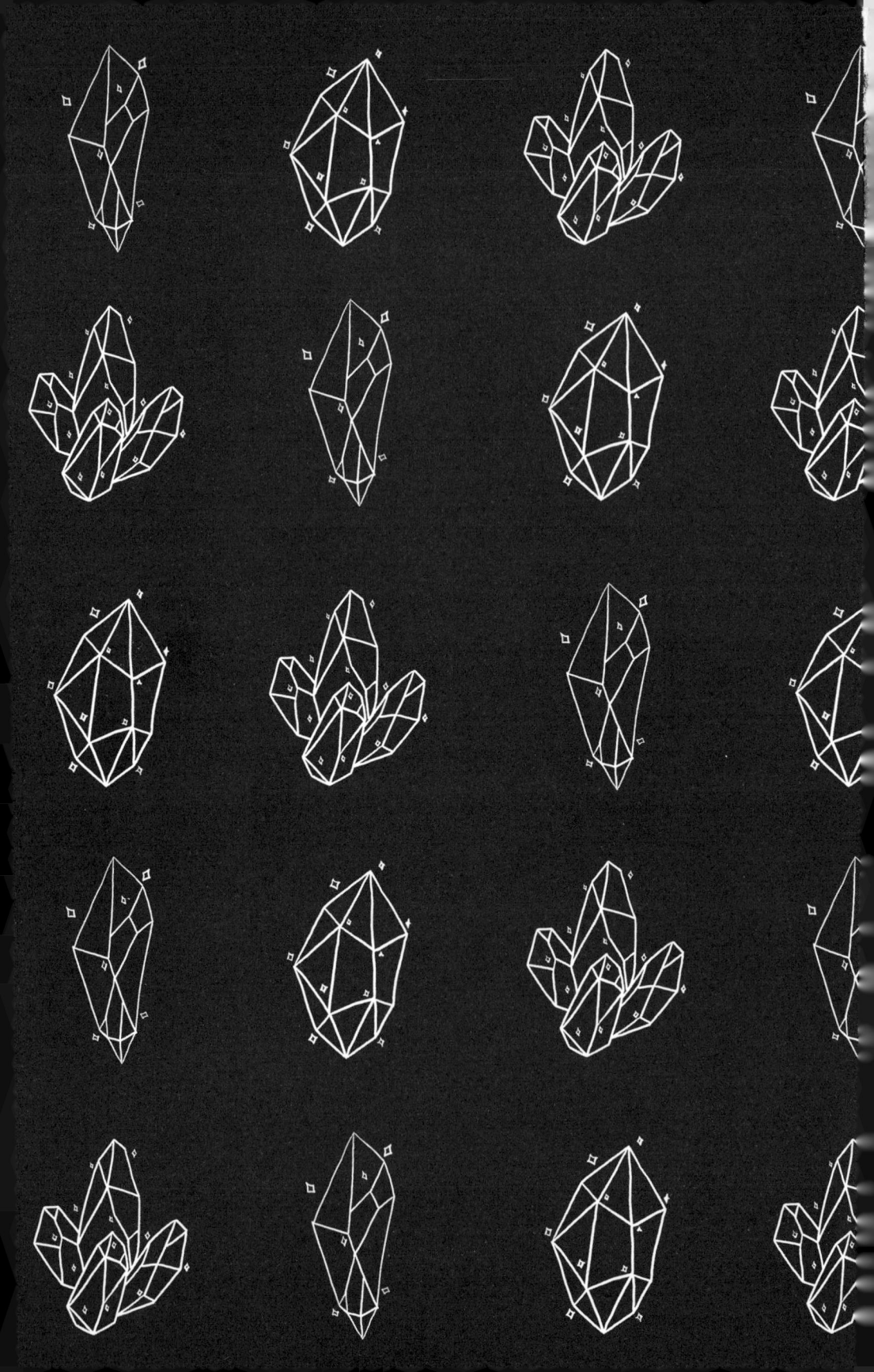